Colección **libros para soñar**

© del texto original: Alberto Sebastián Gutiérrez, 2001
© de las ilustraciones: Carles Arbat Serasols, 2001
© de esta edición: Kalandraka Editora, 2002
Alemania 70, 36162 Pontevedra
Telefax: (34) 986 860 276
editora@kalandraka.com
www.kalandraka.com

Diseño: equipo gráfico de Kalandraka

Primera edición: mayo, 2002
ISBN: 84.8464.122.8
DL: PO.209.02

Capitán
Calabrote

alberto
SEBASTIÁN

carles
ARBAT

kalandraka

l capitán Calabrote
había sido el más terrible de los piratas.

Sus aventuras se contaban
en todos los puertos del mundo.

Después de una vida repleta
de abordajes y saqueos,
Calabrote vivía retirado en una isla
perdida en el inmenso océano.

Cultivaba una pequeña huerta,
asaba pescado, paseaba
y, sobre todo, cuidaba el cofre
en el que guardaba su tesoro.

Lo que más le gustaba era desenterrarlo
y pasar las horas mirando joyas y doblones.
Después, lo enterraba en otro lugar
y, sentado a la entrada de su cueva,
dibujaba un nuevo plano del tesoro.

or las noches, a la luz de la luna,
   se tumbaba en su hamaca,
   sacaba su pipa y se ponía a fumar,
      recordando abordajes, peleas y fiestas con ron,
      mientras murmuraba viejas canciones piratas.

Una tarde, mientras paseaba por la playa,
vio un pequeño barco de vela
que se acercaba a la isla.

Entonces se escondió tras una roca
y, muy extrañado, se puso a observar.

El barco llegó a la orilla y de él salió un hombre,
lleno de tatuajes y cicatrices,
con cinco o seis dientes de oro.
Arrastró el barco hasta la arena,
descargó un cofre enorme, un pico y una pala,
y se internó en el bosque.

Calabrote había estado siempre solo en la isla
y, aunque tenía muchas ganas de hablar con alguien,
el aspecto de aquel visitante
le daba un poco de miedo.

Otro pirata ha escogido mi isla
para esconder su tesoro, pensó.

Al llegar a un claro del bosque,
el recién llegado se detuvo.

Miró a su alrededor,
fijándose en cada árbol,
y empezó a cavar un hoyo
muy profundo.

uando terminó de cavar,
metió el cofre dentro
y lo tapó bien,
pisando la tierra con sus enormes pies.

Luego regresó a la playa,
contando sus pasos
y haciendo anotaciones
en un cuaderno.

Cuando llegó a la playa,
estaba anocheciendo.

Encendió una hoguera
y sacó una manta de su barco.

Va a quedarse aquí,

pensó Calabrote
mientras regresaba
a su cueva.

Calabrote se acostó, pero no pudo dormir:
a su memoria llegaban
recuerdos de aventuras pasadas,
olor a pólvora y estruendo de batalla.

De repente, se levantó, se vistió de prisa
y, cogiendo una pala, corrió hacia el bosque.

Sus ojos habían recuperado
un brillo olvidado,
y en su cara se dibujaba
una sonrisa feroz.

uando llegó al bosque,
tan rápido como pudo,
Calabrote desenterró el cofre del otro pirata
y después se sentó encima, jadeante pero feliz.

¡Su corazón
volvía a sentirse joven!

Arrastró el tesoro hasta su cueva
y lo escondió.
Mañana lo enterraré y dibujaré el plano, pensó.

De un viejo arcón, sacó su sable y sus pistolas.
De otra caja, sacó una casaca, unas botas, un sombrero
y la bandera que ondeaba en el palo mayor de su barco.

Calabrote estuvo toda la noche remendando,
engrasando y sacando brillo.
Cuando ya amanecía, se vistió lentamente.
Estaba dispuesto a echar al intruso de su isla
y quedarse con su tesoro.
¡Seguía siendo un pirata!

Con paso firme, caminó hasta el bosque
y esperó sentado tras un árbol.

El tiempo pasaba lentamente
y su sonrisa fue desapareciendo.
Después de una noche tan agitada, estaba cansado
y recordaba el aspecto terrible del otro pirata.
Ya empezaba a pensar en volver a enterrar el tesoro
cuando oyó que alguien se acercaba a grandes zancadas
y silbando una canción.

Calabrote se encogió para no ser visto
y esperó a oír las maldiciones y juramentos de su rival
al ver que donde había enterrado su tesoro
ahora no había más que un agujero.

ero no oyó nada.

Después de mucho pensar,
Calabrote asomó la cabeza.

El otro pirata estaba arrodillado ante el agujero
que antes ocupaba su cofre.

Parecía a punto de llorar.

Su mirada era tan triste que Calabrote
no pudo evitar avergonzarse
al verse armado hasta los dientes
ante un viejo pirata cansado
al que le había robado todos sus ahorros.

alabrote no supo qué hacer.

Se sentía culpable, algo que nunca le había pasado.

Murmuró una maldición pirata.

Miró su sable, sus pistolas, su cuchillo

y, de pronto, tuvo una idea que le hizo sonreír.

No hay que ser valiente sólo para pelear,
se dijo mientras se levantaba.

Se acercó al intruso por la espalda

y, suavemente, le puso la mano sobre el hombro.

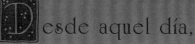

Desde aquel día,
en una pequeña isla perdida en el inmenso océano,
hay dos tesoros.

Y por las noches,
dos viejos piratas de aspecto terrible
se tumban en sus hamacas a la luz de la luna,
sacan sus pipas y se ponen a fumar.
Y se cuentan abordajes, peleas y fiestas con ron,
mientras entonan viejas canciones piratas.